星ふる町

～ランプの精《せい》・異《い》聞《ぶん》～

旭《あさひ》　雅《まさ》昭《あき》

文芸社

グースカァ　ピースカァ
グースカァ　ピースカァ

1

鼻《はな》のあなから、大きなちょうちんをふくらませたり、ちぢめたりして、ひとりの大男《おおおとこ》が、ハンモックの上でひげをふるわせながら、気もちよさそうにねむっています。

ここは宇宙《うちゅう》の果《は》ての銀河《ぎんが》。その中に浮《う》かぶ小さい星《ほし》にある町のはずれ。青紫色《あおむらさきいろ》の深《ふか》い空。オレンジ色《いろ》の木々《きぎ》の葉《は》をゆらす風《かぜ》。どこから来《く》るのか、のどかなまるい光《ひかり》。

そして不思議《ふしぎ》なことには、青紫色《あおむらさきいろ》の遠《とお》くの空からは、さかんに星々《ほしぼし》がふっているのでした。青や赤や、黄色《きいろ》や銀色《ぎんいろ》の星々《ほしぼし》が……。

時《とき》はちょうど、三百四十七銀河紀《ぎんがき》五千五百年。

グースカァ　ピースカァ

グースカァ　ピースカァ

この大男は、地球《ちきゅう》の時間《じかん》ではもう二十年近《ちか》くも、こうしてのどかにねむっているのでした。

男がぷわぁっと新《あたら》しい鼻《はな》ちょうちんをふくらませはじめたとき、サワッと急《きゅう》に風《かぜ》が立って、何《なに》かがひげに触《さわ》ったように感《かん》じられました。

ぱちん！

「はっくしょおん！」

ちょうちんがわれて、大男は、ひとつ大きなくしゃみをしました。すると、その姿《すがた》はたちまちけむりのように消《き》え、ハンモックだけが、ユラユラゆれているのでした。

どど〜ん

ここは地球《ちきゅう》。ある片《かた》いなかの、そまつな小屋《こや》の中。

ひとりのおばあさんが古《ふる》〜いよごれたランプを見つけて、ぷう〜っと息《いき》を吹《ふ》きかけ、ほこりをはらったところでした。

「だれだあ〜。気もちよくねてる、わしのねむりをじゃまするやつは〜」

雷《かみなり》のような声《こえ》があたりにひびきわたり、雲《くも》のような大男がどど〜んと、いきなり目の前《まえ》にあらわれたのです。

「あわわわわわ……」

おばあさんはびっくりしてしまい、ランプをもったまま腰《こし》をぬかしてしまいました。

「なんだ、ばあさん、あんたか。わしは忙《いそが》しいんだ。早く、何《なに》か願《ねが》いごとを言《い》うがいい。ひとつだけかなえてやろう」

おばあさんはあまりのことに驚《おどろ》き、はじめは目を白黒《しろくろ》させていましたが、しばらくして

気をとり直《なお》すと、心《こころ》の中でつぶやきました。

——うわっ、し、しぬかと思《おも》うたぞ……それにしても、どうも、おかしい……このうす汚《よご》れたランプもあやしいし、この大男もうさんくさい……こりゃ、うまく逃《に》げたほうがよさそうだて——

男にはおばあさんの心《こころ》の声《こえ》が、ぜんぶ聞《き》こえていました。

「逃《に》げんでいい、逃《に》げんでいい。わしはあやしい者《もの》じゃあない！　ランプの精《せい》だ。ひとつ願《ねが》いごとを言《い》うがいい。かなえてやろう」

「そ、そんなことを言《い》うても、どう見たっておまえさんの姿《すがた》は尋常《じんじょう》じゃない！　こ、このおらを食《く》うつもりかぁ？」

近《ちか》くにあった三ッ鍬《みつぐわ》をかまえて、かみつく

ように言《い》いました。

「気の強《つよ》いばあさんだ。食《く》わん食《く》わん！　わしは腹《はら》なんか減《へ》らんのだから。そんなことより何《なん》でもいいから、ひとつ頼《たの》みごとを言《い》ってくれ。それをかなえんことには里《さと》へもどれんのでな」

「フン、おらの頼《たの》みを何《なん》でもきいてくれるじゃとお？　このせちがらい世《よ》の中のどこに、そんな有《あ》り難《がた》いことをしてくれる者《もの》がおるものか。さては甘《あま》いことを言《い》うて、このおらをかどわかす気じゃな？」

「……ばあさん、何《なに》をわけのわからないことを言《い》ってるんだ。わしは急《いそ》ぐんだ。早く何《なに》か言《い》ってくれ。あんたには願《ねが》いごとはないのか？」

「願《ねが》い？　願《ねが》いのぉ……はて、そんなことばは長《なが》い間《あいだ》とんと忘《わす》れておったが……そりゃあ、ないことはないわな。っていうか、あるある、たんとな！」

指折《ゆびお》りして、三つ四つと数《かぞ》えはじめました。大男は、それをジロリとにらんで、

「ひとつだけだ。**ヒトツダケ！**」

「なに？　ひとつじゃと！　……ふん、ケチじゃな……う〜む、ふ〜む……」

しばらく考《かん》えていて、

「今《いま》はもう死《し》んでしまってこの世《よ》にはおらんがな、おらの亭主《ていしゅ》は、とんだなまけものでなぁ……昔《むかし》からひどい苦労《くろう》をさせられたのじゃ。若《わか》いころにもどって、いい亭主《ていしゅ》をもってやり直《なお》し、少《すこ》しはよい思《おも》いをしてみたいもんじゃが……」

「ばあさん、あんたとぼけているようで、意外《いがい》と欲《よく》ばりだな。願《ねが》いを三つも言《い》っとるぞ。若《わか》いころにもどるのか、いい亭主《ていしゅ》を持《も》つのか、よい思《おも》いをしたいのか、どれかひとつだけ願《ねが》うがいい」

「えへへへ……そうじゃったかの？　ついうっかり！　う〜むう〜む、ふ〜む。……そんなら、うんと若《わか》いころにもどしとくれ、美人《びじん》の……」

と言《い》いも終《お》わらないうちに、

「おやすいご用《よう》だ！」

と、男は言《い》うがはやいか、ランプといっしょにぽわんと消《き》えてしまいました。それと同《どう》時《じ》に、あたりにはもわっと霧《きり》が立ちこめました。

「おぎゃあ　おぎゃあ　おぎゃあ……！」

やがて、だんだんと霧《きり》がはれてくると、なぜかおばあさんの姿《すがた》はどこにもなく、おばあさんのいたところには、やわらかい産着《うぶぎ》につつまれたかわいい女の赤《あか》ちゃんがひとり、両手《りょうて》をぎゅっとにぎりしめて元気《げんき》な泣《な》き声《ごえ》を上《あ》げているのでした。

しばらくすると、その赤ちゃんの声《こえ》を聞《き》きつけたのでしょう、不思議《ふしぎ》に思《おも》った村人《むらびと》たちが二人《ふたり》、三人《さんにん》と集《あつ》まってきたようでした。

きっと赤ちゃんは、やさしい村人のだれかの手で育《そだ》ててもらい、新《あら》たな人生《じんせい》を歩《あゆ》むことでしょう。

グースカァ　ピースカァ
グースカァ　ピースカァ

ひと仕事《しごと》を終《お》えたランプの精《せい》は、意気《いき》ようようと星《ほし》の里《さと》にもどってきて、青紫《あおむらさき》の空に星《ほし》がふる中、オレンジ色《いろ》の木陰《こかげ》で満足《まんぞく》げにもうねむりはじめていました。

2

こんな具合《ぐあい》に大男のランプの精《せい》は、いろいろな銀河《ぎんが》の数多《かずおお》くの星々《ほしぼし》に突然《とつぜん》あらわれては〝仕事《しごと》〟なるものをしていたのでした。この千年ほどの間《あいだ》に、地球《ちきゅう》へも何度《なんど》か来《き》ていたもようです。

ここでちょっとこの男の地球《ちきゅう》での仕事《しごと》ぶりを、いくつかのぞいてみることにしましょう。ここに記《しる》すのは、『銀河《ぎんが》の史書《ししょ》・地球編《ちきゅうへん》』を少《すこ》しひろい読《よ》みしたものです。

九十六年前《まえ》のある夜《よ》ふけ

ひとりの若《わか》い男の前《まえ》にランプの精《せい》があらわれた。

「忙《いそが》しいので早く、ひとつ願《ねが》いを言《い》え」

と言《い》われて、若《わか》い男は大よろこび。

「ちょっと、ちょっと待《ま》ってくれよ……これはうかつなことは言《い》えないぞ。一生《いっしょう》に一度《いちど》きりの大幸運《だいこううん》かもしれない。よ〜く、よ〜く考《かんが》えないとな……そのまま……しばらく待《ま》っていてくれよ……たのむからそのまま……」

そのとき、

ドドドドドドドドッ……

天井裏《てんじょううら》でねずみたちがいつもの大運動会《だいうんどうかい》をはじめたもよう。

「ああ〜ん、もううるさいなこんな大事《だいじ》なときにぃ……ねず公《こう》のやつら。ああ〜っ、タマがいてくれたら……」

と、ついひとり言《ごと》をつぶやいたとたん、

「おやすいご用《よう》だ！」

「えっ？」

若《わか》い男は思《おも》わず口をおさえたが、もう後《あと》のまつり。

あたりにはぼわんと霧《きり》が立ち、男の足もとから、

にゃご〜　にゃお〜っ！

と声《こえ》がひびき、十日《とおか》ほど前《まえ》に病気《びょうき》で死《し》んだねこのタマがまるまると元気《げんき》に蘇《よみがえ》って、大きな目でギロッと、天井《てんじょう》をにらんでいた。

三百四十八年前《まえ》の夕方《ゆうがた》

ある静《しず》かな村里《むらざと》でのこと。

いちじんの風《かぜ》が立って、小屋《こや》の入《い》り口に立てかけてあった草《くさ》ぼうきが倒《たお》れた。

たまたま小屋《こや》の戸《と》が開《あ》いたままになっていて、またまたたま、ほうきの先《さき》が上を向《む》いていたので、その先っぽの一部《いちぶ》がサッと古《ふる》いランプに触《ふ》れた。

ドド～ン

「わしはランプの精《せい》だ！　何《なに》かひとつ、願《ねが》いをかなえてやろう。さあ、言《い》うがいい」

まだねぼけ眼《まなこ》のランプの精《せい》がしばらく待《ま》っていたが返事《へんじ》がない。

「早く言《い》えよ。わしは忙《いそが》しいんだから……」

と、あたりを見回《みまわ》した。

「ん、ん、ん？　……なにっ、ほ、ほうきぃ？　おまえかあ？　……わっはははは～、それじゃ何《なに》も言《い》えんわなあ……しかし、ほうきよ、願《ねが》いをひとつかなえんことには、わしは里《さと》へ帰《かえ》れんのだぁ。……う～む、どうしたものか……それにしてもほうきよ。おまえは古《ふる》くなって、先っぽもすり切《き》れちまってるなぁ。そうだ！　大きくて立派《りっぱ》な新品《しんぴん》のほうきにしてやろう。この小屋《こや》に負《ま》けないぐらいのな」

大男がさっと右手を上《あ》げると、ぽわんと、大きな大きなほうきになった。

「う～ん、われながらみごとなほうきができたものだ……でもちょっと待《ま》てよ。これではでかすぎて、重《おも》くないか？　人間《にんげん》には使《つか》えんかもしれんな……。それなら使《つか》いやすい小型《こがた》で、宝石《ほうせき》のいっぱい付《つ》いた、フワフワのウェディングドレスのようなきれいなほうきはどうだ？　きっとみんな喜《よろこ》ぶぞ！　えいっ。……よ～し、いいほうきになった……しかし、しかし、これではあまりにキラキラして、ごみを集《あつ》めるのには変《へん》ではないか……？　う～、むずかしいもんだなぁ……それなら、いっそのこと、魔女《まじょ》のほうきになるか？　空が飛《と》べるぞぉ！」

ランプの精《せい》がさっと人さし指《ゆび》を立てると、

ぽん

草ぼうきの姿形《すがたかたち》は元《もと》のままだったが、ほうきはその場《ば》にぷかりと浮《う》かんだ。

そこで男はどこかにほうきに乗《の》せる魔女《まじょ》はいないかとあたりを探《さが》したが、どこにも見当《みあ》たらない。

そこへちょうど子だぬきが迷《まよ》いこんできた。

男はその子をひょいと抱《だ》き上げてほうきに乗《の》せると、ぴゅーんと空へ飛《と》ばしてしまった。

ほうきと子だぬきは、ひゅんひゅん大空《おおぞら》を飛《と》んだ。

はじめはとまどっていた子だぬきも、やがておなかをたたいて喜《よろこ》んだ。ほうきはゆんゆんと宙《ちゅう》を飛《と》び、やがて銀河《ぎんが》の向《む》こうへとびだしていった。

二百六十一年前《まえ》の昼下《ひるさ》がり、ヨーロッパの小都市《しょうとし》でのこと

ドドーン

と、ランプの精《せい》が四十歳《さい》ぐらいの女性《じょせい》の前《まえ》にあらわれた。

それはその女が、足もとにあった古《ふる》いランプを何《なに》かの拍子《ひょうし》に、ポンとけとばしたときだった。

「おほほほほほ……」

女は、はでな笑《わら》い方《かた》をして言《い》った。

「うれしいことを言《い》ってくれるじゃないか！　本当《ほんとう》に願《ねが》いをかなえてくれるんだね、ウソじゃないだろうねぇ。ちょっと考《かんが》えさせておくれよ……。御殿《ごてん》のようなおやしきも欲《ほ》しいし、世界中《せかいじゅう》のおいしいものも食《た》べたいし、お金《かね》もたくさん欲《ほ》しい……。でもやっぱりお金だね。お金があれば何《なん》だってできるんだから……お金、金貨《きんか》をたくさんちょうだい！」

ランプの精《せい》は、ぽんと両手《りょうて》にかかえきれないほどの金貨《きんか》を出《だ》してやった。

「なんだい、これっぽっちぃ？　しぶちんだねえ、あんたは。もっとだよ！　もっともっと金貨《きんか》を山のように出しとくれ！」

女が大声《おおごえ》で叫《さけ》んだとたん、
どどどどどどどっ
と、天から金貨《きんか》があとからあとからふってきて、家《いえ》がはちきれそうにふくらんだ。

金貨《きんか》はその後《あと》もどんどんふった。その中で女はまた大声《おおごえ》でさけんだ。

「わあっ、うれしいねぇ、もっと、もっとだよ！　もっと～!!」

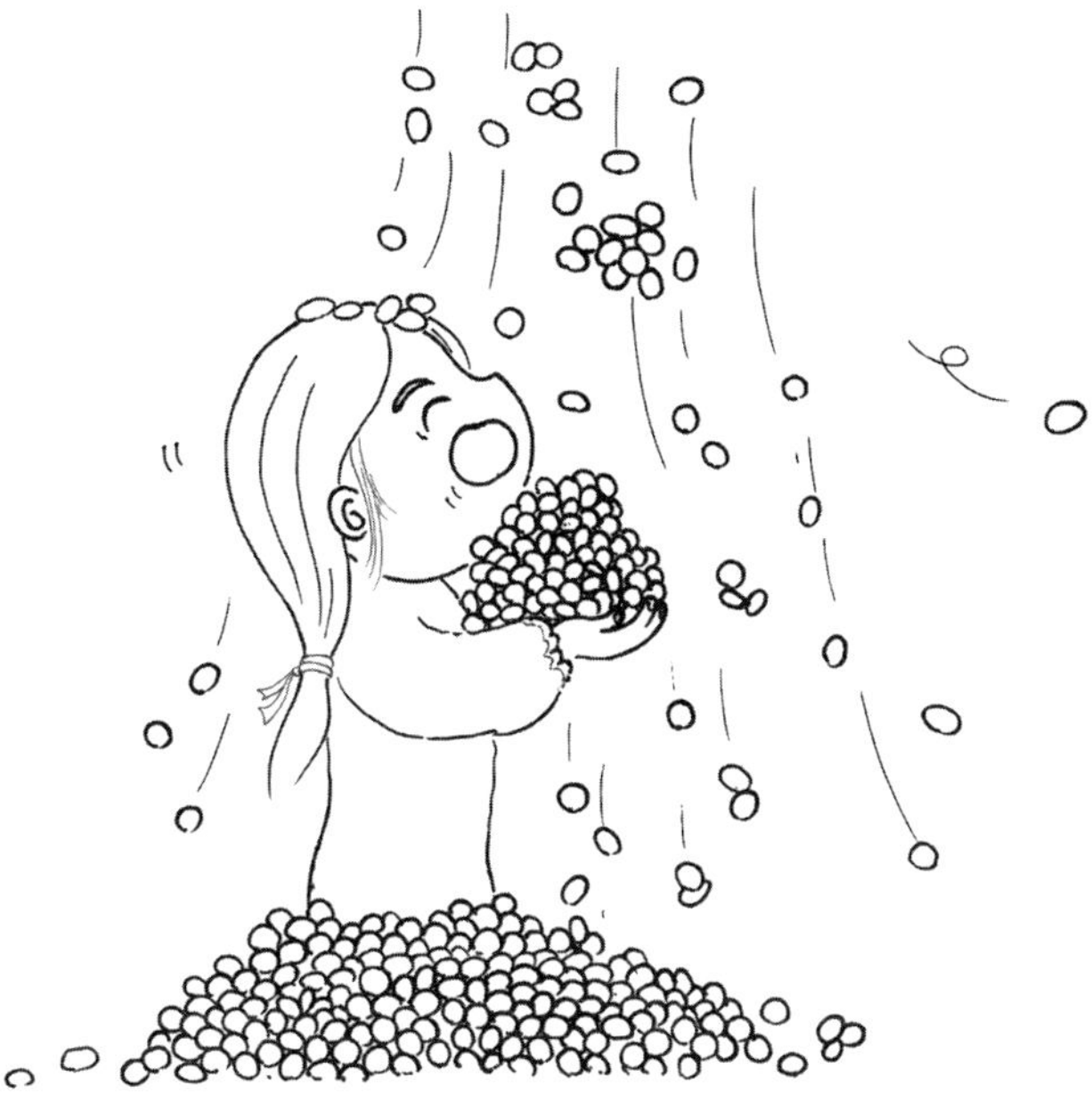

するとそのとき、大きな岩《いわ》のような金貨《きんか》のかたまりがドス～ンとふった。

「うわっ、うれし！」

というかん高《だか》い声《こえ》が聞《き》こえたかと思《おも》うと、
ぎゃあっ
という悲鳴《ひめい》にかわった。その後《あと》、「う～う、う～う」と苦《くる》しさにもだえる声《こえ》になり、まもなく、し～んと静《しず》けさがおとずれた。

それが十分《じゅっぷん》ほども続《つづ》いたころ、金貨《きんか》の山のずっと奥《おく》のほうからふつうの耳には決《けっ》して届《とど》かない、かすかなかすかな声《こえ》で「……た……す……け……て」と発《はっ》せられた。

すると、その声《こえ》を待《ま》っていたかのように、ぼわんとあたり一面《いちめん》に霧《きり》が立った。

霧《きり》がはれてくると、山のようにあった金貨《きんか》

は、まるで涙《なみだ》がかわいていくごとく、だんだんと薄《うす》れて消《き》えていった。やがてその中から先《さき》ほどの女性《じょせい》がひとりぽつんとあらわれた。腕《うで》の中にひとかかえの金貨《きんか》を持《も》ってたたずんでいた。ちょっとぼんやりしたようなその目には、ひと粒《つぶ》の涙《なみだ》が光《ひか》っていた。

五十三年前《まえ》の、秋《あき》の午後《ごご》のこと

小学校から帰《かえ》ったばかりの、ちょっぴり冒険好《ぼうけんず》きの男の子が、何年《なんねん》も使《つか》われていない物《もの》置《お》きの中に入りこんで、ごそごそほこりまみれになりながらガラクタ類《るい》にさわっていた。

彼《かれ》はいつもそれでママに叱《しか》られるのだが。

そこにあるのは、ペダルのこわれた三輪車《さんりんしゃ》、脚《あし》の折《お》れたいす、あなのあいたトランクなど、使《つか》いものにならないものばかり。だが男の子にとっては、ここは宝《たから》の山。

この日も、たなの奥《おく》のほうから、何《なに》かを見つけだしてきた。下が丸《まる》くて上がちょっと突《つ》きでた不思議《ふしぎ》なもの。彼《かれ》はうれしくなってそれを手にのせると、ママのところへ急《いそ》いだ。

「わっ、バッチィー！　あんたまた物置《ものお》きへ行《い》ってたのね」

「ママ、これ見て！　変《か》わった形《かたち》でしょ？」

「また、そんなもの持《も》ってきて。すすとほこりで、まっ黒《くろ》じゃないの」

「これ、何《なに》かわかる？」

「ママも知《し》らないわ……。でも、昔《むかし》に聞《き》いたことのあるランプに、ちょっと似《に》てるような気もするけど……」

二人《ふたり》でしばらく、それを不思議《ふしぎ》そうに見つめた。

「そんなことより、はやく元《もと》にもどしてきて！　部屋《へや》がほこりまみれになっちゃうじゃない。服《ふく》もちゃんと払《はら》ってくるのよ」

男の子はしぶしぶ物置《ものお》きへもどっていった。でもこのまま片《かた》づけてしまうのは何《なん》とも惜《お》しい。そこで、ほこりをぬぐおうと服《ふく》の袖《そで》でちょっとこすった。そのときである。

どど〜ん

と、霧《きり》とともに大男があらわれた。

男の子はあまりのことにびっくりし、思《おも》わず泣《な》きそうになった。

「泣《な》かんでいい、泣《な》かんでいい。おまえさんが、それをこすったから出てきたんだ。わしはランプの精《せい》だ！　ひとつ願《ねが》いごとを言《い》うがいい。かなえてやろう」

それを聞《き》くと今《いま》にも泣《な》きそうだった男の子は安心《あんしん》し、その目はランランと輝《かがや》きはじめた。

「いいの？　願《ねが》いを言《い》っても……」

「ああ、よいとも」

「やったあ〜！　それじゃ、恐竜《きょうりゅう》を出《だ》して！」

「キョウリュウ？　何《なに》だ、それは」

「大昔《おおむかし》に生《い》きていた大きな大きな生きものだよ！　もう滅《ほろ》んじゃって今《いま》はいないけど……。ウルトラサウルスとか、ティラノサウルスとか」

「なぁんだ、それか。で、どの恐竜《きょうりゅう》がいいのだ？」

「そりゃ、ティタノサウルスだよ。足あとだけでも、一メートル以上《いじょう》もあるんだから。体《たい》重《じゅう》百五十トンクラス！　おじさんは大きくて、なんだか偉《えら》そうにしてるけど、ティタノには、一足《ひとあし》で踏《ふ》みつぶされちゃうよ」

「……やれやれ💧💧💧」

と言《い》いながら、ランプの精《せい》は「えい！」と人さし指《ゆび》を立てた。

すると、山のような巨大《きょだい》なティタノサウルスが男の子の目の前《まえ》にず〜んとあらわれた。

男の子の喜《よろこ》びようといったら、それはもう大変《たいへん》。ぴょんぴょんとびはねている。

ところが、そのティタノが一足《ひとあし》、二足《ふたあし》と歩《ある》きだしたとたん、

ズシーン、ズシーン

と、恐《おそ》ろしい地鳴《じな》りがし、グラグラッと大地震《おおじしん》のように、大地《だいち》がゆれた。

おまけにそこで、ティタノは何《なに》を思《おも》ったのか、空の果《は》てへも届《とど》けとばかりに一声《ひとこえ》、

ぎゃおおぉぉ〜〜〜

とやらかした。

山のように巨大《きょだい》な恐竜《きょうりゅう》の出現《しゅつげん》と、それに伴《ともな》う地鳴《じな》りや地震《じしん》に、もうとっくに腰《こし》をぬかしていた町の人々《ひとびと》だったが、魂《たましい》のずうっと奥深《おくふか》くにまでひびいてくる恐《おそ》ろしげな一声《ひとこえ》に、しばらく気を失《うしな》ったようになってしまった。

が、まもなく正気《しょうき》にもどると、血相《けっそう》を変《か》えて、手に触《ふ》れたもの、つまりカバンや、まくらや、なべやテレビなどをかかえると、一目散《いちもくさん》に町から逃《に》げだしはじめた。

あとからあとから逃《に》げだしていってしまった。

男の子のやさしいママもあまりの驚《おどろ》きと恐《おそ》ろしさのために気が動転《どうてん》してしまい、まな板《いた》をかかえてとっくに逃《に》げだしていた。

ランプの精《せい》と男の子はその光景《こうけい》を見て、思《おも》わず顔《かお》を見合《みあ》わせた。ランプの精《せい》は、ちょっ

とあわてて言《い》った。

「お、おい、これではちょっと具合《ぐあい》が悪《わる》いんじゃないか？」

男の子は、少《すこ》し難《むずか》しそうな顔《かお》をして言《い》った。

「そうだね、これはちょっと問題《もんだい》かもしれない」

ランプの精《せい》はそれを聞《き》くと、「えいっ」と霧《きり》の中へティタノサウルスを消《け》してしまった。

それとともに、ティタノの足あとぐらいの大きさの、動《うご》く恐竜《きょうりゅう》のぬいぐるみを出《だ》して、男の子に抱《だ》かせると、自分《じぶん》も霧《きり》の中へぽわんと消《き》えてしまった。そのぬいぐるみは、ティタノサウルスともティラノサウルスとも言《い》えない、変《か》わった恐竜《きょうりゅう》だった。

〔追記《ついき》〕この少年《しょうねん》は後々《のちのち》、古生物学者《こせいぶつがくしゃ》となり研究《けんきゅう》に精進《しょうじん》する。そしてその研究《けんきゅう》を通《つう》じて、地球上《ちきゅうじょう》からみにくく悲《かな》しい争《あらそ》いを無《な》くし、地球《ちきゅう》をおだやかな星《ほし》にするための方法《ほうほう》を発見《はっけん》するという重要《じゅうよう》な仕事《しごと》をするのである。

四百七年前《まえ》の朝方《あさがた》

この日、ランプの精《せい》は野良仕事《のらしごと》をなりわいにしている貧《まず》しいおじいさんの前《まえ》にあらわれていた。小さい農作業小屋《のうさぎょうごや》の中で、

「ほうか、おまえさんはどんなことでもかなえてくれるのかい。なんとも殊勝《しゅしょう》なことじゃな……」

と、おじいさんはぼそっと言《い》った。

「そうだとも。遠慮《えんりょ》なく言《い》うがいい」

「ほんならひとつ頼《たの》もうかの。おまえさんの後《うし》ろにかかっている、しょい籠《かご》をとってくれんかの？　これから山の畑《はたけ》へ、桃《もも》の実《み》をとり入れに行《い》くのでな」

「おやすいご用《よう》だ！　……それにしても欲《よく》のないじいさんだ……」

おじいさんは、にっこりした。

……………百八十五年前《まえ》……………

わん……

扉《とびら》のこわれた物置《ものお》きの中へ、こっそり入りこんでねていた疲《つか》れた野良犬《のらいぬ》が、何《なに》かうれしい夢《ゆめ》でも見たのか、しっぽの先《さき》がちょっと動《うご》いたようで、それがちょうどすぐ近《ちか》くにあったランプに、ちょんと触《ふ》れた。

どど〜ん

とあらわれたランプの精《せい》に、その犬ははじめのうち、おびえていたが、危害《きがい》を加《くわ》える相《あい》手《て》ではないと感《かん》じとると、少《すこ》し尾《お》をふった。

「おいワン公《こう》よ、何《なに》か願《ねが》いはないか？　かなえてやるから、ひとつ言《い》ってくれ」

料金受取人払郵便

新宿局承認

4301

差出有効期間
平成31年 4 月
30日まで
(切手不要)

郵便はがき

1 6 0 - 8 7 9 1

8 4 3

東京都新宿区新宿1－10－1

(株)文芸社

愛読者カード係 行

ふりがな お名前		明治　大正 昭和　平成　　年生　　歳
ふりがな ご住所	□□□-□□□□	性別 男・女

お電話 番　号	(書籍ご注文の際に必要です)	ご職業	
E-mail			

ご購読雑誌(複数可)	ご購読新聞 新聞

最近読んでおもしろかった本や今後、とりあげてほしいテーマをお教えください。

ご自分の研究成果や経験、お考え等を出版してみたいというお気持ちはありますか。

ある　　ない　　内容・テーマ(　　　　　　　　　　　　　　　　　　　　)

現在完成した作品をお持ちですか。

ある　　ない　　ジャンル・原稿量(　　　　　　　　　　　　　　　　　　　　)

書　名				
お買上 書　店	都道 府県	市区 郡	書店名	書店
			ご購入日	年　　月　　日

本書をどこでお知りになりましたか?

1.書店店頭　2.知人にすすめられて　3.インターネット(サイト名　　　　　　　　)

4.DMハガキ　5.広告、記事を見て(新聞、雑誌名　　　　　　　　)

上の質問に関連して、ご購入の決め手となったのは?

1.タイトル　2.著者　3.内容　4.カバーデザイン　5.帯

その他ご自由にお書きください。

(　　　　　　　　　　　　　　　　　　　　　　　　)

本書についてのご意見、ご感想をお聞かせください。

①内容について

②カバー、タイトル、帯について

弊社Webサイトからもご意見、ご感想をお寄せいただけます。

ご協力ありがとうございました。

※お寄せいただいたご意見、ご感想は新聞広告等で匿名にて使わせていただくことがあります。

※お客様の個人情報は、小社からの連絡のみに使用します。社外に提供することは一切ありません。

くぅ〜ん　くぅ〜ん
弱々《よわよわ》しい声《こえ》を上《あ》げるばかり。

ランプの精《せい》も困《こま》ってしまった。

「それじゃ、わからんだろうが……。ことばで言《い》ってくれんと……」

くぅ〜ん
「でもよく見ると、おまえはひどくやせていて、体《からだ》も小さく毛《け》なみもよくないな。ん〜？　何《なん》だ、それは？　かまれた傷痕《きずあと》か？　たくさんあるじゃないか！　そうか、おまえは弱《よわ》いんだなあ」

くぅ〜ん
「とりあえず、その傷《きず》を治《なお》してやろう」

さっと片手《かたて》を上《あ》げて傷《きず》を治《なお》してしまうと、

「しかし、いくら傷《きず》が治《なお》っても、弱《よわ》いままじゃ、また、かまれてしまうな。そうだ、それじゃ、とびっきり強《つよ》いライオンにしてやろう！」

ランプの精《せい》はそう言《い》うと、人さし指《ゆび》を一本さっと立てた。

犬はその場《ば》でぽんと、大きいライオンになった。
そして、ずうっと南《みなみ》の国《くに》の広《ひろ》い広《ひろ》い草原《そうげん》へ、びゅ～んと送《おく》られてしまった。
ランプの精《せい》がライオンのことをよく知《し》らなかったのか、それとも彼《かれ》がちょっとおっちょこちょいだったためなのか、そのライオンはとても強《つよ》そうな雄《おす》なのに、タテガミのない変《へん》なライオンだった。

3

こんな調子《ちょうし》でランプの精《せい》の大男は、立派《りっぱ》に自分《じぶん》の仕事《しごと》を果《は》たしてきていたのでした。
えっ、立派《りっぱ》じゃないって？　でも彼《かれ》は自分《じぶん》ではどうもそう思《おも》いこんでいるようですよ。
そして、そんな仕事《しごと》に出向《でむ》く以外《いがい》は、いっつも、あの星《ほし》の町はずれの里《さと》で、

グースカア　ピースカア……
グースカア　ピースカア……

さて、あの気の強《つよ》いおばあさんの赤ちゃん事件《じけん》から……あっいや、そうじゃなくて、あの〝仕事《しごと》〟から何年《なんねん》たったでしょう。気もちよくねむっているランプの精《せい》にとっては、ほんの二、三か月の感《かん》じかもしれませんが、地球《ちきゅう》ではもう二十年、三十年もの月日《つきひ》が経過《けいか》していたのでした。

そんなある日のこと。

その日は、いっそう青紫《あおむらさき》の空の色《いろ》が濃《こ》いように感《かん》じられ、空にふる星々《ほしぼし》もそれはそれは美《うつく》しく光《ひか》っているのでした。ところどころに、なつかしい涙《なみだ》がにじむような光《ひかり》にあふれ、その中にポワンポワンとオレンジ色《いろ》のほのかな丸《まる》いものが浮《う》かんでいるようでもありました。

「くしゅん」

ランプの精《せい》は、なんだか鼻《はな》のあたりがくすぐったいような感《かん》じがして、ひとつ、小さなくしゃみをしました。それとともに、その姿《すがた》はけむりのように消《き》えてしまいました。

ぽんぽ〜ん

と音がして、古《ふる》びた家《いえ》の中に大男があらわれました。千人ほどが暮《く》らす小さな里町《さとまち》のはずれ、ちっぽけな小屋《こや》のような家《いえ》です。時《とき》は夕方近《ゆうがたちか》く。

「ん〜？　だれかな、わしを呼《よ》んだのは……」

なんとなくいつもとは調子《ちょうし》がちがうので、ランプの精《せい》はとまどいながら小声《こごえ》でこう言《い》

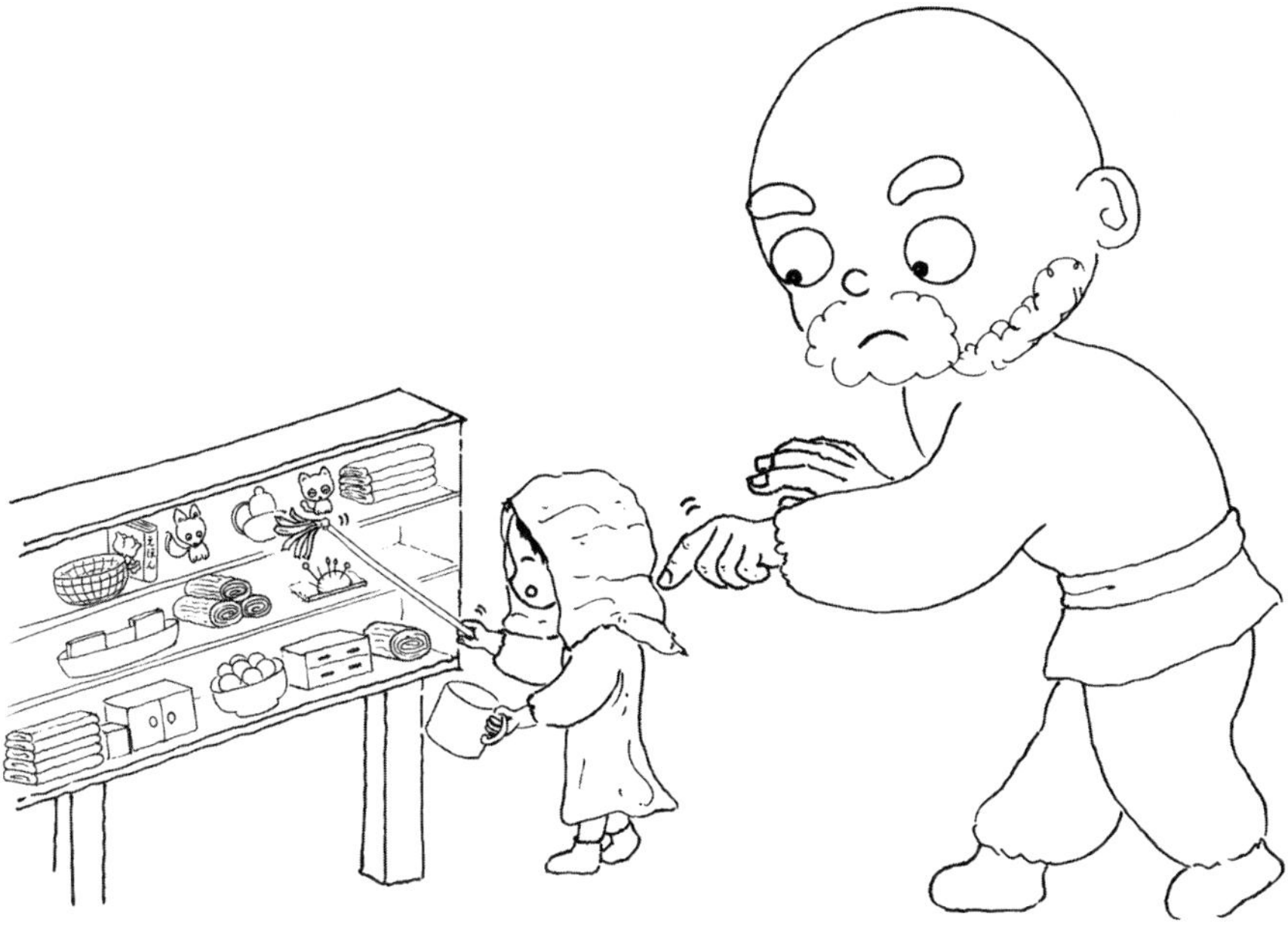

いました。そして、あたりをキョロキョロ見まわしました。

部屋《へや》のすみっこでは、ハタキを持《も》って、だれかがせっせと掃除《そうじ》をしています。ランプの精《せい》にはまったく気づかず、大きな布《ぬの》ですっぽりと頭《あたま》をおおって一生《いっしょう》けんめい働《はたら》いていきます。小柄《こがら》な人でした。

「だれかな？　このわしを呼《よ》んだのは……」

大男はもう一度《いちど》、ひとり言《ごと》のように言《い》ってみましたが、気づいてくれません。

――あれっ？……どうしたんだろう……

――

ランプの精《せい》はちょっと気になりました。そこで腕《うで》をのばして、チョンチョンと指先《ゆびさき》でその人の肩《かた》をつゝついてみました。

やっとふり向《む》いてくれました。ランプの精《せい》はほっとしました。
十三、四歳《さい》の女の子でした。なんだか視線《しせん》が定《さだ》まらず、泳《およ》いでいるようです。
――ん？　この子は目がよくないのかな……――

「おじょうちゃん、わしはランプの精《せい》というものだ。何《なに》かひとつ願《ねが》いごとを言《い》うがいい。かなえてあげよう」

「えっ？　だれなの？」

「ランプの精《せい》だ。あんたは今《いま》、たなの上のランプのほこりを払《はら》ったろう？」

「えっ、何《なん》のこと？」

「古《ふる》～いランプだよ。ねこときつねの間《あいだ》にある……絵本《えほん》のすぐそばだ」

「えっ、ミーニャとこんこん……？　絵本《えほん》？」

そのねこときつねとは、女の子が幼《おさな》かったころ、まだ元気《げんき》だったお母《かあ》さんがぬってくれた、子ねこと子ぎつねの、かわいいぬいぐるみでした。また絵本《えほん》は、やはりそのころ、お母《かあ》さんにたのんで買《か》ってもらい二十回《かい》も三十回《かい》も読《よ》んでもらったものでした。そしてその絵本《えほん》をもとに、お母《かあ》さんに手を導《みちび》いてもらって、目が見えないながらもクレヨンで絵《え》をかいたり、ひらがなの練習《れんしゅう》をさせてもらったことが何度《なんど》もあったのです。

女の子はその二ひきと絵本《えほん》の所《ところ》に、何《なに》かがあったことを思《おも》い出《だ》しました。

「あんたがそのランプに触《ふ》れたから、わしは出てきたんだ。さあ、願《ねが》いをひとつ言《い》うがいい」

女の子はまだ事情《じじょう》がのみこめず、困《こま》った顔《かお》をしています。

「何《なん》でもいいのだ。あんたの欲《ほ》しいものや、なりたいものがあったら、遠慮《えんりょ》なく言《い》えばいい」

女の子はしばらくじっと何《なに》か考《かんが》えているようでしたが、まもなく下を向《む》いてもじもじしはじめました。ランプの精《せい》も何《なん》だか今日《きょう》ばかりは、気短《きみじか》ではないようです。女の子の様子《ようす》を見ながらじっと待《ま》っています。

「ほんとにいいの？　願《ねが》いを言《い》っても……」

「ああ、いいよ。それをかなえるのがわしの仕事《しごと》だ！」

大男は誇《ほこ》りを持《も》って言《い》いました。

実《じつ》は幼《おさな》いころから苦《くる》しいことの多《おお》かった女の子には、ずっと以前《いぜん》から考《かんが》えていた大切《たいせつ》な願《ねが》いごとが、ひとつだけあったのです。もしもいつの日にか、神《かみ》さまが願《ねが》いをかなえてくださるときが来《き》たら、それをお願《ねが》いしようと長《なが》い間《あいだ》じっと胸《むね》の内《うち》であたため続《つづ》けていたことが。

「遠慮《えんりょ》せず言《い》ってごらん。さあ！」

女の子はちょっと顔《かお》を上げると、言《い》いました。

「あなたは神《かみ》さまですか？」

「えっ？　ちがうちがう！　わしは神《かみ》ではない。ランプの精《せい》だ……。神《かみ》ではないが、わしを呼《よ》びだした者《もの》の正当《せいとう》な願《ねが》いなら、ひとつだけはかなえることができる。それがわしの仕《し》事《ごと》なのでな」

神《かみ》さまではないと聞《き》いて、女の子はガッカリしました。でも正当《せいとう》な願《ねが》いならかなえてくれるという。女の子には自分《じぶん》のいだいている願《ねが》いがその正当《せいとう》なものかどうかはわからなかったけれど、何度《なんど》も迷《まよ》った末《すえ》に、とにかく頼《たの》むだけは頼《たの》んでみようと思《おも》いました。

そこでぼそっと、言《い》いました。

「……世界中《せかいじゅう》の……してあげて……」

「うん？　なんて言《い》ったのかな？」

はっきり聞《き》きとれなかったランプの精《せい》は、興味深《きょうみぶか》そうに女の子の顔《かお》をのぞきこんで聞《き》き返《かえ》しました。

女の子は心《こころ》を決《き》めたように、しっかり顔《かお》を上げて前《まえ》を向《む》くと、

「世界中《せかいじゅう》の……つらい思《おも》いをしている人をみんな楽《らく》にしてあげて!」

「おやすいごよ……」と言《い》いかけて、

「えっ? ……もう一度《いちど》、もう一度《いちど》言《い》ってくれ。はっきりと!」

女の子がもう一度《いちど》同《おな》じことばをくり返《かえ》すと、

「!!!???」

ランプの精《せい》は、大きな目で女の子をにらみ、そのまま黙《だま》りこんでしまいました。まっ赤《か》な顔《かお》になり、腕《うで》ぐみをして、何《なに》か大きな疑問《ぎもん》にでもぶつかったように、じっと考《かんが》えに沈《しず》んだのです。

女の子はどうしてよいかわからないまま、長《なが》い時間《じかん》をもじもじしているしかどうしようもないのでした。まるでそのあたりだけ、時間《じかん》が止《と》まってしまったかのようです。

そして何十分《なんじゅっぷん》かのあと、いつのまにか目をとじていたランプの精《せい》は、カッとその目を開《ひら》くと、決然《けつぜん》と言《い》い放《はな》ちました。

「う〜ん……だめだ、だめだ、それはできん!」

「★★★……」

女の子はひどくびっくりして、大男のほうへ顔《かお》を向《む》けました。そして、悲《かな》しい顔《かお》になりました。

「おじょうちゃん、もっとほかにあるだろう？　そのお……もっとふつうの願《ねが》いというものが……。かっこいい王子《おうじ》さまといっしょになりたいとか、花のいっぱい咲《さ》いた大きな屋《や》敷《しき》に住《す》みたいとか、かわいいペットの動物《どうぶつ》がほしいとか、この国《くに》でいちばんの美人《びじん》になりたいとか……おっとこれは失礼《しつれい》……」

ランプの精《せい》はちょっと笑《わら》いそうになったけれど、女の子の様子《ようす》を見ると、真顔《まがお》にもどりました。

「…………」

じっと黙《だま》りこんでいる女の子の目から、大きな涙《なみだ》がひと粒《つぶ》、あふれました。

ランプの精《せい》はちょっとあわてました。

「そそ、それじゃ、目を治《なお》してあげよう。あんたはちょっと目がよくないようだから……」

女の子は、強《つよ》く首《くび》を横《よこ》にふりました。

「……なんでだよ！　目が見えるようになりたくはないのか、あんたは！」

ああ、ランプの精《せい》はこのことばが女の子にとってどれくらい残酷《ざんこく》なものであるかに、まったく気づいていないのでした。

女の子はつらいつらいつらい胸《むね》の内《うち》で、涙《なみだ》の目をこれ以上《いじょう》ないほどの力をこめてギュッとつむり、強《つよ》く首《くび》を横《よこ》にふります。

「……もう困《こま》った人だな……他人《たにん》のことはどうでもいいだろうが。もっと自分《じぶん》だけの願《ねが》いを言《い》ってくれ！　たのむよぉ……わしにはそれしかできんのだぁ……」

大男のランプの精《せい》は、ちょっと泣《な》きそうな声《こえ》になりました。女の子は首《くび》をふり続《つづ》けています。

「…………」

ランプの精《せい》もそれっきり、岩《いわ》のように固《かた》まったまま、ぷっつりと黙《だま》ってしまいました。

4

ランプの精《せい》は、ことばにならない思《おも》いが体《からだ》いっぱいになって、胸《むね》の中がムカムカしていました。何《なに》か願《ねが》いをかなえないと、この場《ば》を離《はな》れることもできません。

二人《ふたり》はそうして、もう一時間近《じかんちか》くも向《む》かい合《あ》っていました。大男は腕《うで》ぐみをして天をあおぎ、何《なに》を考《かんが》えているのか、

「……できん……むりだ……………なんでそんなこと…………ばかな……」

ときどき、こんなつぶやきがもれてきます。女の子はそのたびに、ビクッとしました。

とうとう日が暮《く》れてきました。すると、ランプの精《せい》が言《い》いました。

「わしはこのままでは帰《かえ》ることができん。どこか、納屋《なや》のようなところはないか？　そこに泊《と》まらせてもらいたい」

そしてひとりでさっさと家《いえ》の裏《うら》へまわると、見つけた小屋《こや》の中へ入ってしまいました。

女の子は家族《かぞく》がなく、一人《ひとり》で暮《く》らしていました。目は見えなくても、亡《な》くなったお母《かあ》さんから教《おそ》わった裁縫《さいほう》で布袋《ぬのぶくろ》などの小物《こもの》を作《つく》り、それを町の人に買《か》ってもらってつつまし

く生活《せいかつ》していたのです。

夜《よる》も更《ふ》けてから、女の子が食《た》べものと飲《の》みものを持《も》って小屋《こや》へ行《い》くと、大男は古《ふる》いわらの上にドサッと寝《ね》ころがったまま、天井《てんじょう》を見つめて深《ふか》く考《かんが》えごとをしていました。

「わしは腹《はら》はへらん。この星《ほし》の食《た》べものは食《た》べない」

と言《い》って、まったく手をつけようとしません。

「考《かんが》えごとをしているんだ。出て行《い》ってくれ……」

女の子は家《いえ》へもどりました。そしてしばらく、ぬいものの続《つづ》きをしました。

♪♪あおい色《いろ》は　どんな色《いろ》
あかい色《いろ》は　どんな色《いろ》
色《いろ》ってなあに？

幼《おさな》いころに
お母《かあ》さんから聞《き》いた
色《いろ》はきれいな　きれいな

ものだって……

きいろい色《いろ》は　どんな色《いろ》
しろい色《いろ》は　どんな色《いろ》
色《いろ》ってなあに？

わたしは　なにも
見れはしないのだけど
色《いろ》はすてきな　すてきな
ものだって……

女の子は、ぬいものをするとき、よくひとりで歌《うた》うことがあったのです。ランプの精《せい》の耳にも、その小さな歌声《うたごえ》はまるで風《かぜ》のささやきのように届《とど》いていました。
女の子はそのあと少《すこ》しあたりの片《かた》づけなどをして、ねむりにつきました。

次《つぎ》の日もそして次《つぎ》の日も、ランプの精《せい》は小《こ》屋《や》から出てきませんでした。

三日後《みっかご》、ようやく大男は女の子の前《まえ》に姿《すがた》をあらわしました。ちょっとやせたみたいでした。女の子にはランプの精《せい》から少《すこ》し元気《げんき》が失《うしな》われたように感《かん》じられ、申《もう》しわけない思《おも》いがしました。

大男がちょっと力のない声《こえ》で言《い》いました。

「ほんとは直接《ちょくせつ》に本人《ほんにん》にかかわらない願《ねが》いはかなえられないんだが……あんたのいちばん親《した》しい人をだれか一人《ひとり》だけなら、つらさから解《と》きはなしてあげられるかもしれん。どうだなそれで！」

女の子にはすぐに、病気《びょうき》で苦《くる》しんでいる知《し》り合《あ》いのおじいさんのことが、ぱっと浮《う》かび

ました。でも胸《むね》の中で、すべての人のつらさをなくしたいと強《つよ》く願《ねが》っている女の子は、しばらく考《かんが》えてからとても苦《くる》しそうに首《くび》を横《よこ》にふりました。

大男は深《ふか》くため息《いき》をつくと、また小屋《こや》へもどっていきました。そして寝《ね》っころがると、じっと天をあおぐのでした。

その夜《よる》は、女の子はいつまでも、つらそうにしていました。大男の耳に歌声《うたごえ》は届《とど》きませんでした。

さらに三日《みっか》がたちました。

いっそうやせた大男が、少《すこ》し希望《きぼう》をいだいた顔《かお》つきで女の子の前《まえ》にやってきました。

「あんたのよく知《し》っている十人だけ、やってみてあげよう！　どうかね。もうこれ以上《いじょう》は絶対《ぜったい》にむりだ！」

女の子には次々《つぎつぎ》と知《し》り合《あ》いの人が思《おも》い浮《う》かびました。そしてじいっと考《かんが》えていましたが、先日《せんじつ》よりもいっそう苦《くる》しそうにガックリとして、首《くび》を横《よこ》にふるのでした。

「この世《よ》の中には、他人《たにん》を傷《きず》つけるような悪《わる》いことをしている人間《にんげん》もたくさんいるだろうが。そんな悪人《あくにん》のつらさもなくしてほしいというのか、あんたは！」

女の子は下を向《む》いて黙《だま》っています。

「それに人間《にんげん》や生きものの世界《せかい》は複雑《ふくざつ》にからみ合《あ》っていて、だれかが楽《らく》になることによって、そのためにかえってほかのだれかが苦《くる》しむ状況《じょうきょう》になることだって、いっぱいあるんだ。その複雑《ふくざつ》な関係《かんけい》のすきまをぬうようにして、すべての人々《ひとびと》のつらさをなくすなんて方《ほう》法《ほう》は、世界中《せかいじゅう》のスーパーコンピューターを集《あつ》めても見つからないだろう。そんなこの宇《う》宙《ちゅう》で今《いま》までだれひとりとしてできたことがないようなことを、このわしの能力《のうりょく》でできるはずがないだろうが……」

大男の声《こえ》は、もう半分泣《はんぶんな》き声《ごえ》になっていました。

女の子もランプの精《せい》をひどくひどく苦《くる》しめていることへの申《もう》しわけない思《おも》いと、大切《たいせつ》な願《ねが》いがかなわない思《おも》いが胸《むね》いっぱいになって、つらくてつらくて、どうしようもないのでした。目にうっすらと涙《なみだ》を浮《う》かべながら苦《くる》しそうに、なんどもなんども小さく首《くび》をふり続《つづ》けています。

「はあぁぁぁ……」

大男はふかぶかとため息《いき》をつくと、足もとをふらつかせながら、力なくまた小屋《こや》へ帰《かえ》っていくのでした。

――ごめんなさい、ごめんなさい、ごめんなさい……――

ランプの精《せい》は「だれそれを傷《きず》つけてほしい」とか「だれそれに仕返《しかえ》しをしてほしい」とか、そういう不当《ふとう》な願《ねが》いはきっぱりと拒否《きょひ》できますが、一度出《いちどだ》された正当《せいとう》な願《ねが》いを無視《むし》したり、軽《かろ》んじたりすることはできないのです。

それにしても、これまでに何百回《なんびゃくかい》と願《ねが》いをかなえてきたランプの精《せい》ではありましたが、こんな大変《たいへん》な願《ねが》いごとを言《い》われたことは一度《いちど》だってありませんでした。

大男は小屋《こや》にもどり、またわらの上に寝《ね》ころぶと、天をあおぎ、もの思《おも》いに沈《しず》みました。

そして次《つぎ》の日もまた次《つぎ》の日もその次《つぎ》の日も、ランプの精《せい》は身《み》うごきもせずじっと考《かんが》えこんだのでした。その間《あいだ》に二回《かい》ほど、女の子の星《ほし》のささやきのような歌声《うたごえ》が聞《き》こえてきていたように、ランプの精《せい》は感《かん》じていました。

♪♪風《かぜ》がいいました
わたしは野原《のはら》のお母《かあ》さん
さびしいあなたへ
子守《こも》り唄《うた》
そっと歌《うた》ってあげましょう

星《ほし》がいいました
わたしは夜空《よぞら》のお母《かあ》さん
夢見《ゆめみ》るあなたへ
子守《こも》り唄《うた》
やさしく歌《うた》ってあげましょう

それからさらに四日《よっか》たった午後《ごご》、ゲッソリやせて別人《べつじん》になったような大男が、まるでけむりのようにふらふらとはうようにして女の子の前《まえ》にあらわれました。今《いま》にも消《き》えてしまいそうなほど、頼《たよ》りない姿《すがた》です。

それを感《かん》じとると、女の子は「あっ」と言《い》って、思《おも》わず手をさしのべ、大男を支《ささ》えようとしました。そして口走《くちばし》っていました。

「ごめんなさい、ごめんなさい……わたしなんかのために、こんな疲《つか》れた体《からだ》になって……」

見えない目から涙《なみだ》があふれます。

「い、いやちがう……おじょうちゃん……決《けっ》してあんたが悪《わる》いわけじゃない……それどころか、あんたは……このわしにとってもなく大切《たいせつ》なことを教《おし》えてくれた……わしはあんたに礼《れい》を言《い》わねばならんのだ……それにあんたの願《ねが》いのおかげで……ひょっとしたら……わしに新《あら》たな可能性《かのうせい》が開《ひら》けるかもしれん……」

体力《たいりょく》がなくなっていたために、口調《くちょう》は弱々《よわよわ》しかったけれど、そのように語《かた》る大きい目には、何《なに》かを心《こころ》に秘《ひ》めたような深《ふか》くて強《つよ》い光《ひかり》が宿《やど》っていました。ランプの精《せい》は続《つづ》けて、

「しかし……このままでは……わしは力が出《だ》せん……星《ほし》の里《さと》の大気《たいき》を吸《す》わないと……エネルギーをたくわえられないんだ……本当《ほんとう》は願《ねが》いをかなえないと帰《かえ》ってはいけないんだが……おじょうちゃん、二週間《しゅうかん》たったら……もう一度《いちど》このランプに……息《いき》を……吹《ふ》きかけて

くれ……必《かなら》ずもどってくる……たっぷりと栄《えい》養《よう》をつけてな……頼《たの》んだぞ……」

かぼそい声《こえ》でこう言《い》いのこすと、しゅうぅうぅっと古《ふる》いランプの中へ吸《す》いこまれていってしまいました。

あたりはし～んと静《しず》まり、女の子がひとりぽつんとのこりました。でも二つのぬいぐるみだけが、ほんのわずかに、コトッと動《うご》いたように感《かん》じられました。

女の子には長《なが》い長《なが》い二週間《しゅうかん》でした。ひと日《ひ》ひと日《ひ》、指《ゆび》を折《お》り、まだかまだかと待《ま》ち続《つづ》けたのです。

5

静《しず》かに十四日目の朝《あさ》が来《き》ました。待《ま》ちかねた朝《あさ》です。

女の子は厳粛《げんしゅく》な気もちで、そおっとランプを両手《りょうて》でつつみこむと、心《こころ》から祈《いの》りをこめて「ふう〜っ」と息《いき》を吹《ふ》きかけました。

ど ど〜ん

これまでにない轟音《ごうおん》をたてて、ランプの精《せい》はあらわれました。

「わあっ」

女の子は思《おも》わず目をとじ、両手《りょうて》で耳をふさぎました。

女の子の前《まえ》にあらわれたのは、今《いま》までに見たことも聞《き》いたこともない、大大大《だいだいだい》の大男《おおおとこ》です。家《いえ》の屋根《やね》から半分以上《はんぶんいじょう》も体《からだ》がつき出ています。

「こんにちは～！　いやぁ、待《ま》たせたねえ、おじょうちゃん」

まるまると肥《こ》えて巨大《きょだい》になったランプの精《せい》が、屋根《やね》のはるか上のほうから声《こえ》をかけました。

女の子は家《いえ》の天井《てんじょう》よりもず～っと上から声《こえ》がひびいてくるので、不思議《ふしぎ》に思《おも》いました。

「さあ、おじょうちゃんの願《ねが》いをかなえる時《とき》が来《き》た。ただし、この星《ほし》でつらい思《おも》いをしているすべての人の、そのつらさをなくせるのは、わしの全存在《ぜんそんざい》をかけてもほんのわずかな時間《じかん》かもしれん。できるのはそれが限界《げんかい》だ！　それでもいいかね？」

「ありがとうございます、ありがとうございます、ありがとうございます……」

女の子は、なんどもなんども、うなずきました。

「ランプのおじさん、むりなお願《ねが》いをしてほんとにごめんなさい……でも……」

ランプの精《せい》は胸《むね》がじ～んとしました。彼《かれ》にとってこんな思《おも》いは初《はじ》めてです。

実《じつ》は女の子の心《こころ》には〝わしの全存在《ぜんそんざい》をかける〟というランプの精《せい》のことばがちょっとひっかかっていたのですが、女の子のそんな疑念《ぎねん》を打《う》ち消《け》すように、大男はすぐに大声《おおごえ》で言《い》いました。

「よ～し、決《き》まった！　……ちょっとこれから準備《じゅんび》がいるので、実行《じっこう》は明日《あす》の昼《ひる》、十二時《じ》だ」

大男はそのままずかずかと裏《うら》の小屋《こや》へ入っていってしまいました。といってもあまり巨《きょ》大《だい》なので、で～んと体《からだ》が小屋《こや》からはみ出ていましたが。

やがて大男は何《なに》やらムニャムニャと星《ほし》の里《さと》のことばで、おまじないのようなものを唱《とな》えはじめました。

深夜《しんや》になってもねむることなく、一晩中《ひとばんじゅう》その声《こえ》は女の子の耳に遠《とお》い昔《むかし》の子守《こも》り唄《うた》のように静《しず》かに聞《き》こえたのでした。

さて夜《よる》が明《あ》けて、あくる日になりました。

そして昼《ひる》の十二時《じ》が近《ちか》づいてきたころ。

十分《じゅうぶん》に準備《じゅんび》を整《ととの》えたらしく、ランプの精《せい》はさっぱりした様子《ようす》ながら、きりっと口を結《むす》んだ顔《かお》をして、女の子の前《まえ》に姿《すがた》をあらわしました。

きのうよりさらに大きくなっていて、そのさまはさながら天を突《つ》く巨樹《きょじゅ》のようで、家《いえ》からはるかに上方《じょうほう》へ、ずう～んとはみ出ています。この巨大《きょだい》で異様《いよう》な姿《すがた》は、町の多《おお》くの人

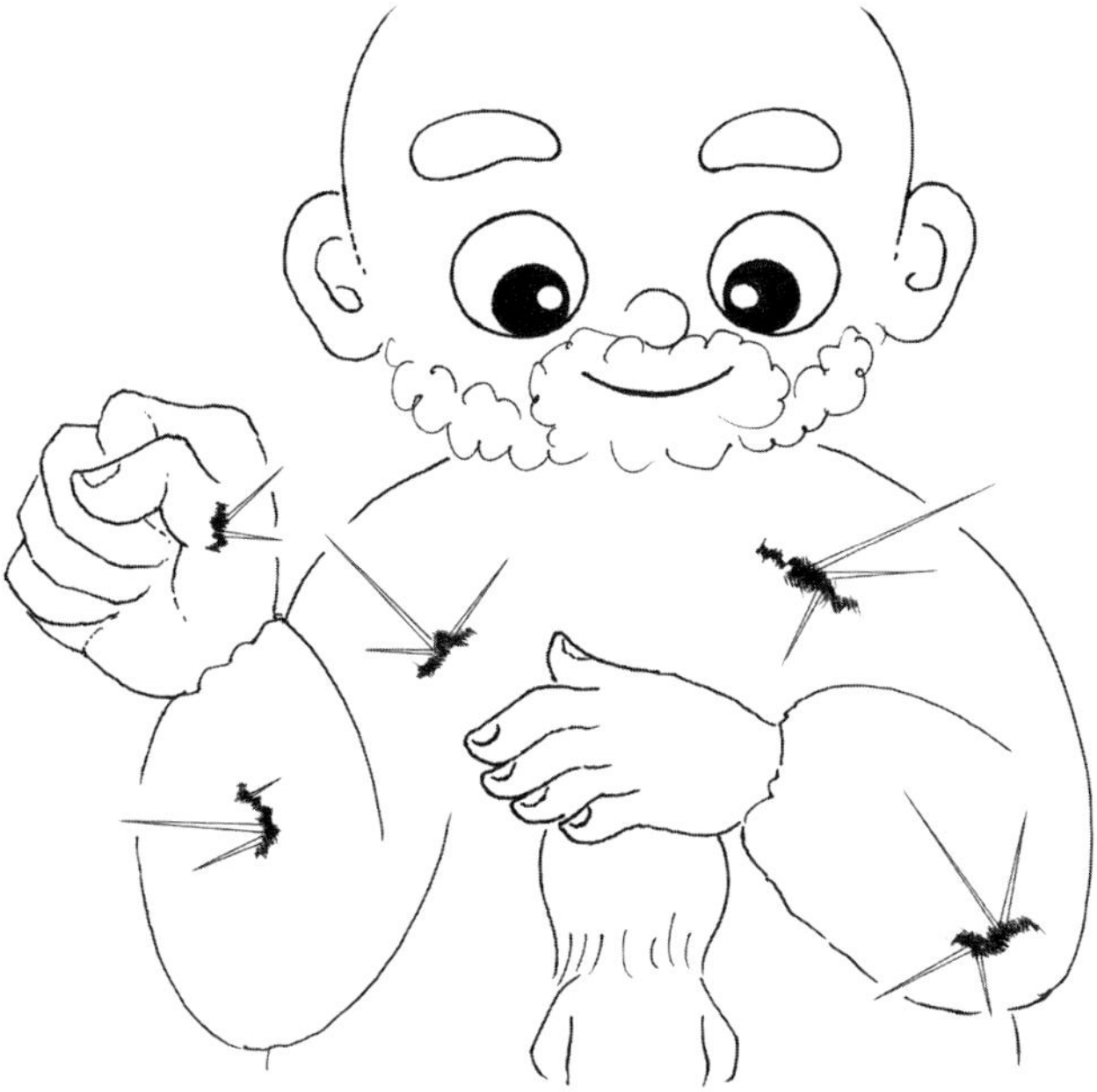

には見えていませんでした。でもなぜか幾人《いくにん》かの人の目にはぼんやりと映《うつ》っていたようで、その人たちは「あれは古代《こだい》の太陽《たいよう》の神《かみ》じゃないか？」と言《い》ったり、「仁王《におう》さまがいるぞ」と指《ゆび》さしたりしていたのでした。

女の子はわくわくする気もちと、不安《ふあん》な気もちが半分半分《はんぶんはんぶん》で、胸《むね》がはりさけそうでした。

「さあ、はじめようか!!」

そう言《い》うと大男は女の子の頭《あたま》にそっと左手を置《お》きました。そして、

「20……19……18……」

と、ゆっくり力をためるようにカウントダウンをはじめました。

女の子は静《しず》かに目をとじました。心《こころ》の目で何《なに》かを見ようとでもするように。

「12……11……10……」

あたりがゴォーッと音をたてはじめました。

それとともに、まるで強力《きょうりょく》な電位《でんい》を帯《お》びたように、ピリピリしてきました。

いっしゅん大男の胸《むね》には、ハンモックの上で気もちよくグースカピースカねむっていたときの思《おも》いと、女の子のささやかな歌《うた》に腹《はら》をたてながらも、哀《かな》しみとあたたかい気もちが心《こころ》いっぱいに広《ひろ》がったときの思《おも》いが、よぎりました。

まもなくランプの精《せい》の体《からだ》には、パリパリッと稲妻《いなづま》のようなヒビが入りはじめました。

そしてそのさけ目からは、ピシッピシッと、レーザーのように鋭《するど》い突《つ》きささるような光《ひかり》が幾筋《いくすじ》も走《はし》りました。青や緑《みどり》や、黄《き》や銀色《ぎんいろ》の光《ひかり》が。

……5……4……3……

その声《こえ》はもうおぼろになって、どこか遠《とお》くの空からでもひびくような感《かん》じになっています。

……2……1……0

いっしゅん、時間《じかん》が止《と》まったような感《かん》じになったと思《おも》うと、

ドオーン

ビシャーン

頭上《ずじょう》に何万《なんまん》もの巨大《きょだい》な雷《かみなり》が一度《いちど》に落《お》ちたような轟音《ごうおん》がひびき、それとともに、もうひとつ太陽《たいよう》がふえたかと思《おも》われるほどの光球《こうきゅう》が生《う》まれました。

バシーン

それははじけて、光《ひかり》のごとく四方八方《しほうはっぽう》へ飛《と》び散《ち》ったのでした。

そのあと、あたりはだんだん暗《くら》くなり、まもなくまっ暗闇《くらやみ》になりました。

それとともに、し〜んと静寂《せいじゃく》がおとずれました。まるでこの世《よ》からいっさいの物音《ものおと》が消《き》えてなくなってしまったようです。

それがしばらく続《つづ》くと、今度《こんど》は世界《せかい》が少《すこ》し赤いオレンジ色《いろ》のあわい夕映《ゆうば》えのような光《ひかり》につつまれていきました。

そして、まもなくその光《ひかり》は、この星《ほし》をすっぽりとつつみこんだのです。

そのとき昼間《ひるま》だった国々《くにぐに》では、工場《こうじょう》や会社《かいしゃ》や役所《やくしょ》や、お店《みせ》や家々《いえいえ》で働《はたら》いている人たちを、海《うみ》や山や川や畑《はたけ》で働《はたら》いている人たちを、病気《びょうき》やけがなどで養生《ようじょう》している人たちを、また学校《がっこう》や塾《じゅく》や公園《こうえん》で勉強《べんきょう》したり遊《あそ》んだりしている学生《がくせい》や子どもたちを、その光《ひかり》はつつんだのです。

ちょうど夜《よる》だった国々《くにぐに》では、その光《ひかり》はねむっている人たちを夢《ゆめ》の中でそっとつつんだのです。

あらゆる人たちを静《しず》かに静《しず》かにつつんだのです。

それはやさしくおだやかで、胸《むね》の奥《おく》の深《ふか》〜いところが、ぽお〜っとあたたかくなるいっとき。
その光《ひかり》は、痛《いた》み、つらさ、苦《くる》しさをそお〜っとつつみこんだのです。
地球《ちきゅう》の時間《じかん》では三分《さんぷん》ほどでした。

女の子はあの大音響《だいおんきょう》と強烈《きょうれつ》な光《ひかり》のために、気を失《うしな》い倒《たお》れていました。

でも気が遠《とお》くなるそのいっしゅん、巨大《きょだい》なランプの精《せい》の体《からだ》が、幾《いく》つかに割《わ》れ、やがて粉々《こなごな》の粒子《りゅうし》になって、光《ひかり》とともに世界中《せかいじゅう》へ飛《と》び散《ち》るのが見えたように、女の子には思《おも》われました。

女の子は気を失《うしな》っている間《あいだ》、静《しず》かな静《しず》かな

涙《なみだ》を流《なが》していました。

それはあたたかくなつかしく哀《かな》しい涙《なみだ》でした……。


それから、どれだけの時間《じかん》がたったでしょう。

いつのまにか、家《いえ》の中は濃《こ》い霧《きり》につつまれていましたが、それがだんだんとうすれてきたころ、女の子にうっすらと意識《いしき》がもどりました。

それとともに静《しず》かに見えない目を開《ひら》くと、何《なに》かがぼや～っと目の前《まえ》に浮《う》かんでいる気がしました。

——あれっ、変《へん》だな……——思《おも》わず目をこすってみると、やはりうす～く何《なに》かが映《うつ》っています。女の子は驚《おどろ》きました。こんなことは初《はじ》めてです。

何《なに》かの錯覚《さっかく》ではないかと、もう一度《いちど》目をこすってても、たしかに何《なに》か見えています。

よ～く目をこらして見ると、これまで毎日《まいにち》、心《こころ》の目で感《かん》じとっていた家《いえ》の中の物《もの》たちが、うすくなった霧《きり》の中に浮《う》かびあがるように見えていたのでした。

あれほどのとてつもない出来事《できごと》があったのに、不思議《ふしぎ》なことに家《いえ》の中は元《もと》のとおり何《なに》も変《か》わらなく、し～んと静《しず》まっています。

そんな中でどういうわけか、あの古《ふる》～いランプとともに、その両脇《りょうわき》にあった二つのぬいぐるみだけが、いなくなっていました。

女の子はまだちょっとぼんやりした感《かん》じのまま、何《なに》かにせかされている気がして、ふらつく足で家《いえ》の外《そと》へ出てみました。

空は西《にし》のほうの一隅《いちぐう》が、これまで地上《ちじょう》ではあらわれたことがないような青紫《あおむらさき》の深《ふか》い色《いろ》をしていて、その中にオレンジ色《いろ》の光《ひかり》の輪《わ》がいくつも浮《う》かんでいるのでした。


女の子にはいったい何《なに》が起《お》きたのか、よくわかるはずもありませんでしたが、美《うつく》しい西《にし》の彼方《かなた》の空を見ていると、粉々《こなごな》になったランプの精《せい》がぬいぐるみだったミーニャとこんこんといっしょに、お別《わか》れを言《い》いながら飛《と》んでいるように思《おも》われたのでした。そしてきっとランプの精《せい》は自分自身《じぶんじしん》のいっさいをかけて、世界中《せかいじゅう》の人たちのつらいところへ、このあたたかくやさしい光《ひかり》を届《とど》けてくれたのだと、確信《かくしん》したのです。

それとともに、また申《もう》しわけない気もちも胸《むね》いっぱいに広《ひろ》がってくるのでした。

「……ごめんなさい、ランプの精《せい》………あ
りがとう、ランプの精《せい》……」

ところで、ランプの精《せい》が住《す》んでいた、風《かぜ》が
吹《ふ》くあの青紫色《あおむらさきいろ》の星《ほし》の里《さと》は、いつものよう
にこの日もオレンジ色《いろ》の木々《きぎ》の葉《は》を小さくゆ
らしていましたけれど、そのうちあわい青《あお》
緑色《みどりいろ》の光《ひかり》がもやのように広《ひろ》がってきて、全《ぜん》
体《たい》がつつまれました。

その光《ひかり》はしばらくなごりを惜《お》しむようにと
どまっていましたが、少《すこ》しずつうすくなり、
二時間《じかん》ぐらいのうちに里《さと》といっしょに静《しず》かに
消《き》えたのでした。

たった三分間《さんぷんかん》ほどの安楽《あんらく》……このあまりに

あまりに短《みじか》い、つらさ、苦《くる》しさからの解放《かいほう》に、この星《ほし》、地球《ちきゅう》のどれだけの人が気づいたでしょうか……。

あの大男のランプの精《せい》が、自《みずか》らのすべてをかけた三分間《さんぷんかん》……。

生死《せいし》にかかわる、つらい病気《びょうき》にかかっている人や、生きてゆくのが苦《くる》しくてたまらない境遇《きょうぐう》にある人たちにとっては、意味《いみ》の感《かん》じられない短《みじか》い時間《じかん》なのかもしれません。

また、この三分間《さんぷんかん》という実情《じつじょう》を知《し》れば「何《なに》をたわごとを！」と怒《おこ》りだす人だっているかもしれません。

でもこの三分間《さんぷんかん》は、ランプの精《せい》が女の子の家《いえ》の小屋《こや》に幾日《いくにち》もこもって、可能《かのう》なかぎりのあらゆる角度《かくど》から考《かんが》えぬいた末《すえ》の、彼《かれ》の全能力《ぜんのうりょく》の限界《げんかい》だったのです。

自分《じぶん》の能力《のうりょく》の限界《げんかい》に気づいたランプの精《せい》は、自分《じぶん》が発揮《はっき》できるあまりにも短《みじか》くかぎられた時間内《じかんない》に、どういうことをすれば女の子から出《だ》された神聖《しんせい》なまでの大切《たいせつ》な願《ねが》いに近《ちか》づけることができるのかを、考《かんが》えぬいたのです。

そして、ついに彼《かれ》はたどり着《つ》きました。ほんのいっしゅんでも最高《さいこう》の深度《しんど》へ深《ふか》めた安《やす》らぎを、すべての人たちへ届《とど》けようという思《おも》いに。

たとえその時間《じかん》はすぐ終《お》わってしまおうとも、たとえ人々《ひとびと》の表面的《ひょうめんてき》な記憶《きおく》からは早々《そうそう》に失《うしな》われてしまおうとも、深《ふか》くあたたかい安《やす》らぎを心《こころ》の最奥《さいおう》の領域《りょういき》へ、ながくとどまる無意識《むいしき》の記憶《きおく》として、しっかり届《とど》けようと決意《けつい》したのです。

何年《なんねん》か、何十年《なんじゅうねん》かの後《のち》に、ふうっと何《なに》かの拍子《ひょうし》にこのなつかしくあたたかい安《やす》らぎの思《おも》いが蘇《よみがえ》ってくれるようにとの、心《こころ》からの願《ねが》いをこめて……。

それがこの三分間《さんぷんかん》だったのです。

さらにランプの精《せい》はその三分間《さんぷんかん》のうちに、女の子が秘《ひ》めていたやさしい涙《なみだ》の種《たね》を人々《ひとびと》の心《こころ》の世界《せかい》にそっと植《う》えたいと願《ねが》ってもいたのです。

それだけではありません。彼《かれ》は人間《にんげん》だけでなく、動物《どうぶつ》たちや植物《しょくぶつ》たちやバクテリアなどの、この星《ほし》のすべてのいのちのつらさまで、ほんのわずかの間《あいだ》でも、なくそうとさえ試《こころ》みていたのでした。

それでとうとう自分《じぶん》の持《も》っている最大《さいだい》の能力《のうりょく》の何億倍《なんおくばい》もの力を出《だ》そうとして、このちょっぴりあわてんぼうの大男は、消《き》えてしまったのです。粉々《こなごな》になって銀河《ぎんが》の中へ飛《と》び散《ち》ってしまったのです。

女の子の胸《むね》にはランプの精《せい》の最後《さいご》の姿《すがた》が、深《ふか》く刻《きざ》まれました。そしてそれとともに、ランプの精《せい》から何《なに》か、大切《たいせつ》な大切《たいせつ》なバトンをたくされたことを強《つよ》く心《こころ》に感《かん》じたのでした。
四、五日《にち》のうちに、どこかへ旅立《たびだ》ったのか、女の子の姿《すがた》はこの町から消《き》えていました。
『まちのみなさま、ありがとうございました』と、クレヨンでたどたどしく書《か》かれた一枚《いちまい》の紙《かみ》をのこして。

それは女の子が生まれてはじめて、自分《じぶん》だけで書《か》いた字《じ》と手紙《てがみ》でした。

それ以来《いらい》、この里町《さとまち》では、毎年時期《まいとしじき》が来《く》ると、青や赤や黄《き》や銀色《ぎんいろ》の流《なが》れ星《ぼし》が飛《と》ぶようになりました。

そんなとき、町の人たちは、

「あっ、今年《ことし》も星《ほし》がふる」

と言《い》って、空をあおぎ、不思議《ふしぎ》な大男や目の不自由《ふじゆう》だった女の子のことを思《おも》うのでした。

著者プロフィール

旭 雅昭（あさひ まさあき）

1949年、福井県美山町（現・福井市）生まれ。

愛知県の大学・大学院で日本文学を学ぶ。

その後、高等学校の講師を続け、退職後は創作に関する教室を開く。

その間、表現の基礎と創作の基礎について、考察を続ける。

著書に、絵本『ねこのミーニャはお母さん』（2008年、文芸社ビジュアルアート刊）、『詩集　滲心抄』（2011年、文芸社刊）、『耳としっぽとおひげ』（2016年、文芸社刊）がある。

イラスト：旭 雅昭

星ふる町 ～ランプの精《せい》・異聞《いぶん》～

2017年10月15日　初版第１刷発行

著　者　旭 雅昭
発行者　瓜谷 綱延
発行所　株式会社文芸社
〒160-0022 東京都新宿区新宿1－10－1
電話 03-5369-3060（代表）
03-5369-2299（販売）

印刷所　図書印刷株式会社

ISBN978-4-286-18618-4